Bernardo
e o
ENIGMA DAS AMAZONAS

Texto © Flávia Reis, 2022
Ilustrações © Matheus Pfeifer, 2022
Todos os direitos reservados.

Diretor Editorial e de Arte: Julio César Batista
Produção Editorial: Carlos Renato
Projeto Gráfico e diagramação: Juliana Siberi
Capa: Matheus Pfeifer
Revisão: Rafaella de A. Vasconcellos

Dados Internacionais de Catalogação na Publicação (CIP)
(Câmara Brasileira do Livro, SP, Brasil)

Reis, Flávia
   Bernardo e o enigma das Amazonas / Flávia Reis
São Paulo : nVersinhos, 2021.

ISBN 978-65-87904-07-8

1. Amazonas - Literatura infantojuvenil 2. Literatura infantil e juvenil I. Pfeifer, Matheus. II. Título III. Série.

21-59834   CDD-028.5

Índices para catálogo sistemático:
1. Literatura infantil 028.5
2. Literatura infantojuvenil 028.5
Aline Graziele Benitez - Bibliotecária - CRB-1/3129

1ª Edição, 2022
Esta obra contempla o Acordo Ortográfico da Língua Portuguesa
Impresso no Brasil – *Printed in Brazil*

Nenhuma parte desta publicação poderá ser reproduzida por qualquer meio ou forma sem a prévia autorização da nVersos Editora Ltda. A violação dos direitos autorais é crime estabelecido na Lei nº 9.610/98 e punido pelo artigo 184 do código penal.

nVersinhos, um selo da nVersos Editora
Cabo Eduardo Alegre, 36
Sumaré – São Paulo – SP
www.nversos.com.br
tel.: 11 3995-5617
nversos@nversos.com.br

Flávia Reis

Bernardo e o ENIGMA DAS AMAZONAS

Ilustrações **Matheus Pfeifer**

nVersinhos

"Este livro de ficção foi a forma encontrada por esta autora de conseguir por meio da escrita, mesmo com o abismo de realidades existentes, algum tipo de tentativa de aproximação com as histórias e lendas envolvendo as mulheres indígenas amazônicas do passado. Suas descendentes, hoje, seguem lutando com bravura pelo reconhecimento de sua voz, seus territórios, sua cultura e ancestralidade. A elas, toda a minha reverência, admiração e respeito."

Flávia Reis

Sumário

Dilúvio 9

Planos da Viagem 11

Manaus 13

À Beira do Rio Negro 15

Verde 16

Os "Olhos" 19

O Ritual da Tucandeira 24

O Enigma 26

De Volta ao Centro Da Cidade 28

Com Barbosa Rodrigues 30

Na Biblioteca 36

Café da Manhã 38

A Caminho da Marina 41

O Barqueiro 43

O Encontro das Águas 45

Dentro da Floresta 47

Perto do Seringal 51

A Montaria 53

O Labirinto	55
A Gruta da Catedral	57
O Tesouro de Nhamini-Wi	61
Em Boa Companhia	63
O Som Da Floresta	65
A Voz	66
Rumo à Aldeia das Amazonas	69
O Caminho	72
As Amazonas	73
O Resgate do Tesouro	79
A Câmara do Tesouro	81
Os Insetos de Ouro	83
Lugar da Barra	84
A Ideia	86
O Retorno do Sol	88
Os Tesouros da Amazônia	89
O Abismo	91
Os Filhos do Guaraná	94
Curiosidades	95

Dilúvio

— Pegasus! É você mesmo?
— Sou eu sim, *monsieur*[1].

Ele tinha mudado de cor. Não estava mais branco branquíssimo, como era na França. Após explorarmos o estado do Rio de Janeiro nas aventuras da Princesa de Cristal, tempos depois, em plena Amazônia brasileira, conservar seu pelo original parecia impossível.

Sol, umidade, lama e chuva. Sua cor era uma incógnita de poeira e barro molhado de tanto banho do céu. Pegasus estava castanho.

O Amazonas no mês de junho do ano de 1886 é assim: parece guardar toda a água do planeta. Calor abafado, vapor bombeado pelas árvores,

---

1. Senhor.

plantas e rios que lhe oferecem a maior floresta tropical do planeta Terra.

Foi por isso que subimos o Brasil a bordo de um barco a vapor. Pela costa do continente, num determinado ponto do Nordeste, deixamos o Oceano Atlântico e tomamos o rumo das águas do Rio Amazonas até o Rio Negro, para só então desembarcar na cidade de Manaus, que naquele momento, parecia estar dentro de um dilúvio.

Planos da Viagem

Fomos andando debaixo de uma chuvarada. Uma confusão no cais do porto. Muita gente encharcada, cargueiros, caixotes, lama e mercadorias. Tentamos atravessar uma guerra de guarda-chuvas.

Ouvi todas as sugestões da Princesa Isabel e Conde D'Eu. Ficaríamos hospedados na casa de João Barbosa Rodrigues, que, a meu próprio pedido, não foi recepcionar nosso desembarque. Achei melhor assim, apesar da insistência do casal real. Preferia estar livre para conhecer, sem os protocolos da monarquia. Na hora em que achasse conveniente, iríamos à sua residência.

Manaus era uma das cidades importantes do império do Brasil e eu estava muito ansioso para vê-la.

De repente, um barulho me assustou. Um ronco muito forte. Pegasus também ouviu e olhou para mim. Não era pum e sim um ronco forte da minha barriga.

— Também estou com fome, *monsieur* Bernard.

Assim, nos pusemos a cavalgar pela cidade buscando o lugar para realizar nossa primeira refeição amazonense.

Manaus

A paisagem da cidade de Manaus é interessante. O centro e toda a sua costa têm vista para o Rio Negro, que é tão largo, mas tão largo, que lembra o mar. As construções estão se expandindo. Ruas, algumas igrejas e muitos casarões. Nunca imaginei que fosse assim. Tinha a falsa impressão de que iria encontrar apenas mato, cipós, povos nativos da região e que onças atravessariam a rua a toda hora. No entanto, ocorria o oposto: pessoas andam de chapéu e bengala, damas passeiam pela praça, vemos comércios, movimentos na cidade.

Este estado já aboliu a escravatura, coisa que ainda não aconteceu em muitos outros lugares do país. É um processo delicado e urgente e sabemos como é importante.

Ainda bem que a chuva deu uma trégua. Ficamos tão distraídos que o ronco da barriga não viu o tempo passar e acabou se confundindo com os galopes de Pegasus, que, sem querer, me levava para fora da cidade.

Foi então que me dei conta de que estávamos perdidos.

À Beira do Rio Negro

No meio da mata meu cavalo andava com as ferraduras em atrito com uma água rasteira que parecia brotar do chão. Chegamos às margens do Rio Negro, onde pudemos fazer uma pausa para me sentar na areia, pertinho da água, quando começou uma chuvarada novamente.

— Gastão me avisou que aqui chove muito. Sabe o que eu acho, Pegasus? Temos de alugar um barco! Veja a extensão deste rio. Agora, olhe bem este mapa! Temos rios, rios e mais rios. Quem sabe o senhor Barbosa Rodrigues possa nos ajudar a encontrar um barco, afinal.

— De barco, eu?

Verde

No Amazonas, a gente se cerca a todo instante dos mais diferentes tons de verde. O primeiro é o verde-floresta, assim meio escuro, querendo ser a primeira e única cor. Mas dentro do verde-floresta percebemos muitos outros. Vemos o verde-lima, verde-grama, verde-musgo, oliva, esmeralda. Árvores de todas as formas, galhos, folhas, raízes e mais verdes.

— Pegasus, o que é aquilo ali dormindo no tronco da árvore?

— Onde, *monsieur*?

— Ali em cima, com pintinhas pretas?

E como descrever aquele animal dormindo em cima de uma árvore? Pele amarelada de pintinhas pretas. Olhos? De que cor? Estava dormindo. Quatro patas, um rabo, bigodes, duas orelhas. Um gato? Não, gato não tem aquela pele de onça.

— Pegasus, será uma onça em cima da árvore?

— Será? Está louco, *monsieur*? Será que uma onça dormiria sobre uma árvore tão alta, pendurada no galho frágil como se fosse um macaco?

O animal deve ter se incomodado com a minha conversa. Fingiu que ainda estava dormindo e deixou as garras a postos, em sua felina sutileza. Em um piscar de tempo, senti o rugido ensurdecedor, ao pular em cima de mim empurrando-me para o chão com seu bafo quente revestido de som.

— Por favor, *madame*[2]! Tenha calma! Deixe *monsieur* Bernardo em paz. Ele não quer lhe fazer mal!

— Então, diga ao *wimû* aqui deitado que eu sou uma gata-maracajá. Pode me chamar de Maracajica!

— *Madame* Ma-ra-cu-ji-ca?

— Não, *vherkû*! É Ma-ra-CA-ji-ca.

— *Madame* Maracajica, eu me chamo Pegasus. Muito prazer!

— Não sei se o prazer é meu, Brégasus.

— Não é Brégasus, *madame*: é Pegasus! Por favor, deixe meu patrão, *monsieur* Bernardo, ele não iria fazer mal.

---

2. Senhora.

— Como este, a quem chama de Bernardo, não quer me fazer mal, se perturba meu sono precioso?

Ela me encarava com seu par de olhos verdes. Brilhavam entre a cor da selva e praticamente escapavam para assustar o medo. Era um contraste aquela luz do seu olhar na chuva. Fizeram-me sentir medo.

Madame Maracajica tirou lentamente as duas patas afiadas de cima de mim, levando, agarrada às unhas, uma boa tira do tecido da minha camisa.

Levantei-me, ainda em estado de choque, recuperando o fôlego perdido e me aproximei da margem do Rio Negro. Enquanto isso, Pegasus fazia amizade com *Madame* Maracajica.

Lamento não conseguir ter o dom de me comunicar com todos os animais, como Pegasus. Acho que se não fosse por ele, eu teria levado uma grande mordida.

Os "Olhos"

Madame Maracajica nos guiou em um passeio de volta ao centro da cidade. Conhecia muito bem todos aqueles caminhos.

— Sabe, *Madame* Maracajica, há pouco tempo tive a oportunidade de voar por um dia inteiro... Queria fazer o mesmo agora, pois estou um pouco cansado de andar neste calor e um ventinho viria a calhar.

— Voou? Pelo que sei cavalos não são aves, *vherkû*...

— É uma longa história, *madame*. Outra hora conto os detalhes, agora preciso poupar fôlego.

— Ah, se pudesse voar, com este calor, eu iria tomar banho na Cachoeira do El Dorado.

— Cachoeira do El Dorado? É distante?

— É difícil chegar a pé. De barco, demoraria alguns dias. Voando é que seria ideal.

Andávamos ao lado de *Madame* Maracajica, toda educada, falante, em sua escolta de anfitriã amazonense, quando escutamos tambores e música vindos de não muito longe.

— O que será isto, Pegasus?

— Não tenho ideia, *monsieur*. *Madame* Maracajica, o que será este barulho dentro da mata?

— Hoje é dia do ritual da Tucandeira.

— Tucandeira... Nome de pessoa, *madame*?

— Não.

— De árvore, *madame*?

— Não, é nome de formiga, *vherkû*.

— Nome de formiga?

— Pegasus, veja aquela clareira. Vamos dar uma olhada? Parece uma festa!

— *Monsieur*, não sei se é uma boa ideia ir até lá para ver formigas!

Então, ao invés de pegar o caminho do centro da cidade, decidi mudar a rota mais uma vez e entrei na trilha da mata com Pegasus e *Madame* Maracajica.

Encontramos um grupo reunido em frente a um tronco de árvore deitado, como uma cerca, onde jovens eram posicionados com as mãos e braços estendidos e apoiados nessa cerca. Achei esquisito tudo aquilo e, por um instante, me senti como um intruso, quando alguém chegou perto e gentilmente me perguntou:

— Aceita guaraná?

— Guaraná? Não sei o que é guaraná, senhor.

— Guaraná é bom, faz bem.

Esse "guaraná é bom" tinha um sotaque rígido, objetivo, mas dava para entender bem. O restante era falado em língua indígena, a qual eu não compreendia coisa nenhuma.

Crianças se aproximaram com uma cesta de palha. Qual não foi o meu espanto, quando constatei que dentro dessa cesta havia bolinhas brancas e graúdas com grandes pupilas pretas. Pareciam olhos de gente.

— Não, não, *merci*[3], *merci*. Não como olhos. Obrigado, crianças, *merci*.

— Come, é bom!

Os nativos insistiram para que eu provasse o guaraná, mas eu não conseguiria comer aqueles "olhos"!

— Pegasus, e agora?

— *Wimû* Bernardo não entendeu que isso não são olhos de gente! São frutas. Avise ao seu dono que ele pode comer.

— Frutas, *Madame* Maracajica?!

---

3   Obrigado.

— Recusar seria uma desfeita. O branco do "olho" é a polpa da fruta e o preto é a semente. Faz bem pra saúde. – explicou Maracajica a Pegasus.

De novo, vieram os indígenas:

— Homem branco quer guaraná?

— Obrigado, *merci*.

Eles continuavam insistindo. Eu não tinha compreendido que eram frutas. Comer "olhos" era demais para mim, diferente dos abacaxis, diferente das bananas. Mas como sair dali? Todos me cercavam. Olhei adiante e vi os jovens com seus braços estendidos, sem sair do lugar. O que eles faziam ali? Era um castigo?

Eu teria de tapar o nariz para não sentir o cheiro, mas seria falta de educação. Pensei por um instante na possibilidade de engoli-los de uma vez, sem mastigar. Meus dentes não suportariam morder aquela bola estranha, aparentemente dura e mole ao mesmo tempo. Poderia eclodir e soltar uma gosma na minha boca. Sem contar aquelas pupilas pretas! Tinham sangue dentro? Será que eu vomitaria?

De repente, Pegasus se aproximou, chegou perto da bacia e com sua poderosa língua de cavalo e a ajuda dos dentes pegou quase todos os olhos de uma só vez e mastigou.

Uma gargalhada surgiu entre os indígenas. As crianças, as mulheres, os homens, até mesmo os jovens com seus braços estendidos na cerca riram do meu cavalo. Sobrou um único "olho" na vasilha. Então, aproveitando a descontração de todos, reuni alguma bravura escondida e levei o olho de guaraná à boca, sem pensar.

Não tive coragem de mastigar como Pegasus. Engoli sem provar direito seu sabor. Do pouco de gosto que me restou na língua, posso dizer que é amargo.

Você já provou o fruto do guaraná pelo menos uma vez na sua vida?

Senti-me alerta, mais acordado do que nunca, como se pudesse andar pelo resto do dia.

— Pegasus, você também está se sentido assim?

— Posso correr a noite toda na selva se quiser, *monsieur*.

Alguns indígenas se aproximaram e me conduziram para perto dos jovens. Eu achava que era um tipo de castigo, mas não era.

— Tucandeira, tucandeira. – disseram eles.

— Tucandeira? É um prazer, gostaria de participar, se fosse possível. Posso?

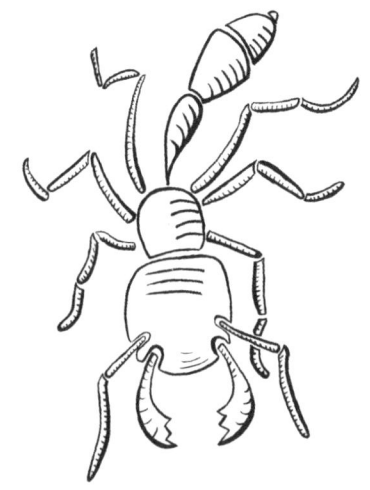

O Ritual da Tucandeira

Um dos indígenas declarou as regras do ritual. Com muito cuidado, ele segurava uma grande luva artesanal, confeccionada com palha e algumas folhas da Floresta Amazônia.

— *Wimû* vai ver o que é o ferrão venenoso das formigas tucandeiras. – disse Maracajica a Pegasus.

— Ferrão venenoso, *Madame* Maracajica?! Acaso *monsieur* Bernardo pode morrer?

— Morrer não, mas ele vai sentir muita dor. As picadas são fortes!

— Oh! *Mon dieu*[4]!

— Este é um ritual de iniciação. Eles acreditam que as picadas dessas formigas afastam as doenças e tornam o corpo e o espírito mais fortes, *vherkû* Pegasus.

---

4   Ai, meu Deus.

Foi assim que me posicionei diante dos outros jovens, deixando meus braços sobre a cerca e à espera da colocação das luvas. Deu para ver formigas pretas se mexendo lá dentro, com cabeças graúdas, reluzentes.

Pegasus me olhou com uns olhos de reprovação, como se soubesse de coisas que eu não sabia.

— Acalme-se, Pegasus, já estive numa assembleia de cobras, lembra, meu amigo? Quem entra numa toca de serpentes não pode temer umas simples formiguinhas.

— Formiguinhas, *monsieur*? Espere para ver a mordida dessas formiguinhas.

Iniciaram a colocação das luvas. Um de cada vez ia recebendo aquela capa de palha cheia de formigas pretas e cabeçudas. Em seguida, o grupo se unia ao guerreiro e com ele dançava uma música indígena.

Alguns gritavam bastante, outros sofriam engolindo o choro, outros fingiam ser fortes e sorriam com os lábios apertados.

Até que chegou a minha vez.

O Enigma

No momento em que calcei minhas mãos e braços com aquela poderosa luva, senti as afiadas agulhas de fogo das tucandeiras. Pior que beliscão e ponta de faca. Naquele exato instante de ferrões e dor desenfreada, vi ali, bem próximo, passando pela mata, um grupo de mulheres imponentes, pele avermelhada, cabelos longos e escuros trançados e amarrados atrás da cabeça. Estavam montadas em animais que lembravam camelos. Não, camelos, não. Eram lhamas. Nunca imaginei que pudesse encontrá-las na Amazônia. Mas será que isso é realmente possível?

Tiraram as luvas dos meus braços à espera do meu grito. Pude sentir uma queimação quase insuportável, inchaço e erupções surgiram. Fixei meus olhos na mata, em busca daquela comitiva de mulheres que me distraíram da dor. Elas desapareceram.

Novamente, um dos indígenas inseriu as luvas em meus braços. O calor da minha carne, propício para ferroadas a cada segundo, faziam as tucandeiras vibrarem ainda mais. Adiante, outra vez, notei as distintas mulheres em suas lhamas selvagens, carregavam consigo armas de pedra, como cajados e, na ponta, um artefato em forma de estrela, também de pedra. Estavam descalças. As cabeleiras trançadas cobriam suas costas como se fossem mantos.

Não dei atenção, puxei minhas mãos latejantes e corri para a trilha para ver de perto o grupo de mulheres. Andei por mais alguns metros, mas elas não deixaram pegadas.

De Volta ao Centro da Cidade

— Muito me admira, *monsieur* Bernardo, que não esteja reclamando das horríveis picadas das formigas venenosas!

— Se você visse o que eu vi enquanto calçava aquelas luvas, não iria acreditar, Pegasus.

— O que foi que viu dessa vez, *monsieur*? Estava demorando para acontecer alguma coisa sobrenatural...

— Só não tem coragem para coisas mais fáceis como foi o caso dos "olhos" de guaraná.

— É verdade. Agora diga-me, *vherkû* Pegasus, onde querem ir?

— Rumo ao Jardim Botânico de Manaus. Vamos até a casa do senhor Barbosa Rodrigues.

— Gostaria de acompanhá-los até lá, mas a área central da cidade não é lugar para gatos maracajás. Eles me caçariam com certeza. Ajudo vocês a chegarem à estrada certa, não é muito longe. Dali, vocês seguem, *vherkû* Pegasus.

Com Barbosa Rodrigues

— *Monsieur* Bernard de Bourbon, é um prazer conhecê-lo!

— O prazer é todo meu, *Monsieur* Barbosa Rodrigues. Por favor, me chame apenas de Bernardo.

— Entre, Bernardo. Seu cavalo será levado à cocheira.

— Obrigado. Vá, Pegasus! Você precisa descansar um pouco, amigo.

— Descansar, *monsieur*? Depois de tanto guaraná que comi? Oh, *mon dieu*!

— Fez boa viagem, Bernardo?

— Sim, senhor. Foi cansativa e muito longa, mas valeu a pena.

— Certamente.

— O senhor é muito admirado no Rio de Janeiro, seu Barbosa Rodrigues. A Princesa Isabel contou-me de seu fascínio pela botânica.

— Meu fascínio se aprimorou ainda mais na Amazônia. É uma terra inesquecível, meu caro. Graças à Princesa Isabel e à aprovação da Assembleia Provincial, cá estou. Claro que não é um mar de rosas, temos muitas dificuldades, falta de verba, mas estamos lutando pela existência do Museu Botânico do Amazonas.

— Deve ser muito trabalhoso, senhor Barbosa Rodrigues. Dei uma volta pelos arredores e imagine o senhor que coisas intrigantes me aconteceram.

— Coisas intrigantes? Mas não deve ter chegado aos pés do que lhe aconteceu em Petrópolis, com a Princesa de Cristal.

— Essa notícia chegou até aqui?

— Sim, Bernardo. A notícia correu. Principalmente uma história surpreendente como aquela. A Princesa de Cristal está bem?

— Sim, *mademoiselle*[5] Lia está muito bem. Ela foi morar em Minas Gerais depois de tudo que lhe aconteceu.

— Folgo em saber! Mas, diga-me, o que o senhor viu de tão surpreendente hoje, Bernardo?

— Se contasse, acho que todos me chamariam de louco, de alucinado, tenho certeza, pois não foi algo concreto, de carne e osso, ou melhor, de cristal e osso, como em Petrópolis.

---

5   Senhorita.

— Quem sabe posso ajudá-lo?

— Como estava dizendo, Senhor Barbosa Rodrigues, estava passeando quando encontrei um grupo indígena muito distinto que preparava um ritual com os jovens da aldeia. — Até aí nada demais, nada que possa render o apelido de Bernardo, "o viajante louco". Temos muitas etnias por aqui, cada qual com seus hábitos e costumes. Esse grupo realiza um ritual com luvas cheias de formigas, chamadas Tucandeiras. É uma espécie de prova de resistência. Eles colocam as luvas nos jovens que se submetem às ferroadas das formigas, por diversas vezes. É assim que provam sua bravura ao povo da aldeia, sendo reconhecidos como adultos e guerreiros.

— Já ouvi falar do Ritual da Tucandeira.

— Acredita, senhor Barbosa Rodrigues, que me ofereci para participar do ritual? Então, recebi as luvas das tucandeiras apenas por duas vezes. Menos do que os outros.

— Bernardo, como eles permitiriam que alguém de fora participasse de um ritual desses?

— Não sei, mas eu pedi para ser voluntário e eles aceitaram.

— Deixe-me examinar seu braço! Posso providenciar um remédio!

— As mordidas doeram muito. Agora tenho a sensação de ardor, formigamento e sinto os braços um pouco pesados também.

— Mais alguma coisa? Náusea, mal-estar? Mandarei coletarem uma amostra das tucandeiras. Elas podem ser venenosas!

— Não, senhor Barbosa Rodrigues, estou bem! Apenas fiquei intrigado com a visão que tive enquanto recebia as ferroadas, não sei como isso foi possível. Quero muito entender.

— O que você viu, afinal, Bernardo?

— Um grupo de mulheres montadas em lhamas passando pela floresta.

— Que tipo de mulheres?

— Não sei afirmar com precisão. Foi tudo muito rápido. Era um grupo numeroso.

— Você tem certeza?

— Tenho, senhor Barbosa Rodrigues!

— Deve ter sido uma alucinação. Você fez uma viagem longa até aqui e foi direto caminhar perto da floresta. Ingeriu alguma coisa, alguma erva?

— Não, não, apenas engoli um "olho" de guaraná.

— Um "olho" de guaraná?

— "Olho" de guaraná é alucinógeno?

— Claro que não, Bernardo. Guaraná é uma fruta da região. Tem propriedades medicinais que fazem bem à saúde, se ingerida na quantidade adequada.

— Então, não sei como pude enxergar aquela visão das mulheres. Não me parecia normal, corriqueira. As damas da sociedade se vestem do pescoço até a ponta dos pés, a maioria usa coques nos cabelos e chapéus.

— Sim, Bernardo, já as mulheres nativas andam descalças, se adornam com tintas e alguns acessórios de folhas e palhas, pintam o corpo, têm os cabelos escorridos. Por acaso não foi o que você viu?

— Não tenho certeza, elas não tinham essa descrição exata. Estavam descalças, sim, mas usavam vestimentas finas feitas de um tipo de lã, tinham a pele levemente avermelhada. Seus cabelos eram escorridos nas costas, alguns trançados. Não pareciam que eram mulheres nativas!

— O quê? Elas montavam lhamas? Tem certeza que eram lhamas, Bernardo?

— Tenho sim. Cavalos definitivamente não eram. Tampouco camelos! Estes animais eram mais rápidos, mais magros e menores. Acho que eram lhamas.

— Lhamas são animais da região dos Andes. Nunca vi lhamas por aqui! Acho que as formigas devem ter algum tipo de ferrão venenoso que pode ter provocado sua alucinação. Preciso pesquisar.

— Não quero dar trabalho, senhor Barbosa Rodrigues.

— Trabalho nenhum, isso faz parte da minha vida, pesquisar, catalogar, pesquisar, pesquisar... Seria interessante dar uma olhada nas tais tucandeiras. Mas antes disso, vou buscar um remédio para você passar nessas picadas.

Na Biblioteca

Depois de dormir um sono perturbador, acordei sobressaltado de tanta sede. Uma moringa de barro guardava um litro gelado de água. Tomei gole a gole sem deixar uma gota sobrar.

Abri meu relógio de bolso, eram cinco horas da manhã. O palacete estava silencioso. Do lado de fora, o canto da noite vinha através dos ventos do Rio Negro. Levantei e saí do quarto para caminhar pelo corredor até chegar numa das portas nos fundos, iluminada e entreaberta.

Nas paredes do cômodo havia estantes cheias de livros de botânica, biologia, zoologia e ciências. Acima, no cantinho, poesia, mitologia, literatura, história e política. Enfim, uma boa biblioteca, muitos e muitos escritos, mapas, cadernos de anotações, desenhos de plantas etc.

Sobre a mesinha iluminada com um candelabro, entre tinteiros, canetas de pena e amostras de plantas secas, um livro grosso de capa antiga descansava aberto. Aproximei-me da mesa espichando meus olhos para ver o título registrado no cabeçalho da folha trezentos e um, que dizia:

"Las Amazonas".

Café da Manhã

— Venha, Bernardo. Sente-se para o desjejum.

— Obrigado. O café da manhã neste país é uma das minhas refeições preferidas, senhor Barbosa Rodrigues.

— Mas, aqui em Manaus, o café da manhã é diferente. Tome aqui um pouco de mingau de tapioca com banana e prove também este sanduíche de tucumã.

— Obrigado!

— Descansou esta noite, meu caro?

— Um pouco. As picadas das tucandeiras ainda incomodam.

— Deixe-me aplicar o óleo de copaíba, extraído da farmácia da floresta.

— Farmácia da floresta?

— É como chamamos os produtos medicinais extraídos da selva amazônica. — O óleo de copaíba é anti-inflamatório e cicatrizante, vai ajudar.

— Senhor Barbosa Rodrigues, não pude deixar de ver sua notável biblioteca.

— Tenho aqui comigo o mínimo necessário para trabalhar.

— Tomei atenção por um que estava aberto em sua escrivaninha...

— É verdade. Ontem você me trouxe aquela história incrível da sua visão das senhoras, que me remeteu diretamente a um livro que faz comentários sobre um grupo de mulheres guerreiras: "Las Amazonas".

— Elas existem, afinal?

— Temos alguns relatos sobre elas, um dos mais importantes é do espanhol Gaspar de Carvajal, escriba da esquadra de Francisco de Orellana, o primeiro a navegar pelo Rio Grande, que depois passou a ser chamado de Rio das Amazonas, justamente por causa dessas mulheres.

— Então o Rio Amazonas recebeu o nome das tais senhoras?

— Sim. Orellana e outros exploradores, e até nativos da região, juraram de pés juntos que as viram.

— Assim como eu, senhor.

— Não é apenas o rio que guarda seu nome, mas todo o estado, a grande floresta, inspirada nas guerreiras Amazonas. Mas a grande verdade é que pouco se sabe delas.

A Caminho da Marina

Depois de muita conversa com Barbosa Rodrigues, fui até a cocheira para ver Pegasus. Encontrei meu cavalo tranquilo e descansado. Tinha tomado um banho merecido com água, sabão e escovadas. Mas o branco branquíssimo de antigamente não aparecia. Acho que Pegasus ficará castanho para sempre.

— Bom dia, Pegasus! Vamos passear?

— Bom dia, *monsieur*. Parece muito animado nesta manhã, e nem reclamou de dores!

— Não sei como faremos, mas quero ir atrás das Amazonas, Pegasus.

— Amazonas? Oh, *mon dieu*! Por que não fazemos como os simples viajantes? Vamos conhecer apenas os pontos turísticos da cidade de Manaus, passear sossegados!

Saímos da casa de Barbosa Rodrigues seguindo o caminho por ele indicado. Até que nos aproximamos da mansidão das águas do Rio Negro.

— Pegasus, veja a pequena marina! Ali estão os barcos.

O Barqueiro

— O moço deve ser Bernardo de Burbondo, certo?

— Sim, sou Bernard de Bour-bon.

— Bernardo de Bombom?

— Por favor, me chame apenas de Bernardo.

— Recebi um recado do senhor Barbosa Rodrigues. Serei o responsável pelo seu transporte fluvial. Meu nome é Xuna.

— Então, senhor Xuna, somos eu e meu cavalo Pegasus. Ele pode embarcar também, não é?

— Veja bem, senhor Bernardo, não costumo levar cavalos.

— Se o senhor não puder levar meu cavalo, desistirei da viagem pelo rio, pois prefiro ir com ele por terra.

— Por terra? Afinal, o senhor quer ir para onde?

— Quero navegar pelo Rio Amazonas, mas só vou se meu cavalo puder me acompanhar também.

— Tudo bem, como não terei mais passageiros, aceito o cavalo. Mas não me responsabilizo por ele!

Xuna pegou as rédeas de Pegasus e o conduziu até a parte de trás da embarcação com muito cuidado, amarrando-o num dos mastros centrais até que ficasse seguro.

O barco parecia uma grande gaiola, onde era possível navegar com umas vinte ou trinta pessoas a bordo.

Zarpamos pelas lentas águas do Negro, ao lado da paisagem de Manaus, passando pelos nossos olhos como se ela é que estivesse viajando e conhecendo a gente, de tão vagaroso que estávamos no rio.

— Onde estariam essas Amazonas, Pegasus?

— Não tenho ideia, *monsieur*. Se estivéssemos com *Madame* Maracajica, quem sabe ela pudesse nos informar?

O Encontro das Águas

— Veja, Bernardo, estamos no Rio Negro. Logo ali, de outra cor, está o Amazonas. Este trecho também se chama Rio Solimões.

Xuna me explicava sobre o encontro das águas. O Amazonas tem uma cor amarelada e barrenta, no entanto é muito mais vivo e alegre, mais veloz do que o Negro. Ambos se encontram num ponto exato, mas não se misturam facilmente. Há uma divisão nítida entre às águas, como se dois distintos cavalheiros se encontrassem num salão de baile e se cumprimentassem com um aperto de mão.

O barco fazia a travessia entre os rios quando uma chuva assustadora despencou. Era quase impossível abrir os olhos, tamanha era a força das águas. A tempestade caía sobre nós e ao bater nos rios formava com eles uma grande espiral.

Nosso barco rodava no meio de tudo. O Rio Amazonas, enfurecido, dava tapas no Rio Negro, que revidava, como numa briga interminável. Nós recebíamos esses socos das águas de todos os lados, rodopiando, rodopiando.

Foi assim que nosso barco tombou até ficar de ponta-cabeça.

Dentro da Floresta

Desde que nosso barco virou, só o que eu consigo me lembrar direito é da força da tempestade sobre os dois rios. A correnteza forte. Caí, engolindo água. Acordei no meio da floresta. No interior, escurecido e úmido, quase não dava para ver o céu.

Parece que ali todas as árvores querem ser gigantes, numa competição de quem consegue primeiro os raios do sol. Estão em infinitos batalhões, muitas vestidas e agarradas por outras espécies de plantas.

— Parece que estamos na pré-história, Pegasus. Pegasus? Onde está você?

Olhei para os lados e entre as árvores, mas não encontrei Pegasus.

— Xuna? Xuna?

Xuna não me respondeu.

Tirei a bússola do bolso, mas a agulha dançava pelo disco sem parar. Saí correndo pela floresta.

— Pegasus. Peeeeeeeeeeeeegasus! Peeeeeeeeeegasus!

— Quieto. Não grites dentro da floresta!

— Quem está falando comigo?

— Fica quieto. Fala mais baixo. Não vês que aqui és um intruso impertinente? Não deves em hipótese alguma caminhar sozinho pela mata, falando alto assim desse jeito.

— Por favor, meu nome é Bernardo. Apareça!

— Não quero que me vejas, pois tu te assustarias.

— Não me assusto de jeito nenhum. Quem é você? Escuto muito bem sua voz. Onde está?

— Não digo, pois terás medo.

— Por favor, seja lá quem for. Estou procurando o barqueiro e meu cavalo Pegasus. Você os viu?

— Um cavalo? Castanho?

— Na verdade ele é branco, mas está sujo e encardido.

— Um cavalo branco, sujo e encardido, eu não o vi. Vi um cavalo castanho.

— Deve ser ele. Chama-se Pegasus. Pode me informar onde ele está?

— Eles estão no seringal.

— E onde fica o seringal?

— Próximo do igarapé.

— E onde fica o igarapé?

— Próximo do seringal.

— Ainda por cima você faz brincadeira comigo? Já entendi que está próximo do seringal, mas não conheço nada na floresta. Nem sei o que é um igarapé, muito menos um seringal!

— Estás na selva amazônica e não sabes o que é um igarapé nem um seringal?

— Apareça, por favor, deixe-me ver você.

— Não adianta insistir. Terás medo se me vires. Mas te explico que igarapé é um braço estreito de rio que corre no interior da mata. Um riacho. Seringal é um lugar onde estão reunidas as árvores seringueiras.

— E como encontrar o igarapé e o seringal?

— Vá até a árvore do mulateiro-da-várzea que tem o tronco grosso, descamando, vire à esquerda para o lado das bromélias gigantes e siga sempre em frente até o igarapé. Tente escutar seu barulho. Atravesse-o, mas tome cuidado com os bichos. Do outro lado fica o seringal.

— Eu imploro que apareça para mim. Dá pra perceber que você está aqui entre estas árvores!

— Não insistas.

A voz atenciosa silenciou. Então, segui caminho até o mulateiro-da-várzea, as grandes bromélias estavam do seu lado. Foi assim que peguei a trilha para tentar encontrar Pegasus.

Perto do Seringal

    Andei, andei e andei. A voz misteriosa me disse que era ali perto, entretanto, posso afirmar para você que dentro da Floresta Amazônica dois quilômetros parecem dez quilômetros. O terreno é incerto, as árvores são gigantescas e se impõem na sua frente. Mas o chão da mata é macio e dá a sensação de que se está andando num grande acolchoado de folhas molhadas.

    Adiante, escutei o barulho fininho de água corrente e uma nova claridade surgiu em meio à penumbra da selva. O igarapé parece um espelho, todas as árvores e plantas ao redor refletiam nele. Tive a sensação de que a mata estava de ponta-cabeça. Um jacaré dormia tranquilo à beira.

Quem enfrenta cobras e até um certo Víbora de Petrópolis, sabe muito bem que um jacarezinho não seria meu maior problema. A Floresta Amazônica tem dimensões mais profundas do que eu podia imaginar. Há uma sensação de profundidade que não sei se consigo explicar.

Atravessei o igarapé com a água pela minha cintura. O jacaré dorminhoco me ignorou completamente, ainda bem. Devia estar sonhando.

A Montaria

— Senhor Bernardo de Burbondo!
— Xuna! Xuna! Que bom encontrá-lo! Afinal, o que aconteceu conosco? Viu meu cavalo Pegasus?
— Fomos arrastados com a correnteza para dentro da selva. Nunca vi uma tempestade dessas! Pensei que fôssemos morrer.
— Estou preocupado com Pegasus, Xuna! Não sei onde ele foi parar.
— Seu cavalo estava aqui. Mas foi levado por um grupo de mulheres. Não tive como impedir. Elas eram muitas e estavam armadas.
— Não me diga que eram as Amazonas?
— Meus avós contavam sobre um grupo de mulheres da floresta, as Cunhãpuiaras. Mas nunca me disseram que elas cavalgavam lhamas!

— Elas montavam lhamas?
— Sim.
— Acho que são as Amazonas, Xuna.
— Eu começaria pelas margens do Rio Negro. Não é possível que estejam tão longe!

O Labirinto

Entrei no seringal sozinho, caminhando o mais rápido que podia e tentando correr contra o tempo. Em breve anoiteceria.

Xuna, que conhecia a floresta, seguiu à procura do Rio Negro, que o levaria a Manaus de alguma forma.

Uma chuva rápida caiu impulsiva, mas não me impediu de andar assim mesmo. A floresta parecia um labirinto.

Mais adiante, depois de algumas horas, uma árvore com um tronco aberto, como se fosse uma casa, tornou-se meu abrigo. Ali dentro, sentei-me para descansar e acabei adormecendo por um tempo.

Quando acordei, já era madrugada e a luz estava azulada. Significava que logo iria amanhecer.

Vi uma fogueira adiante que terminava de queimar suas últimas chamas. Ao lado dela, num pedaço de caule de árvore, dois tipos de frutos que eu não consegui identificar e uma cuia cheia de água da chuva.

— Quem está aí?

Nenhuma voz respondeu.

— Quem está aí?

Outra vez, ninguém.

Então, tomei a água, comi as frutas e segui à procura de Pegasus.

A Gruta da Catedral

Depois de horas e horas de caminhada dentro da floresta, sem saber ao certo minha localização na Amazônia, escutei um barulho de cachoeira. Continuei andando e, para a minha surpresa, uma grande caverna apareceu na minha frente.

— Será que Pegasus passou por aqui?
— Não entres aí!

Aquela voz, que havia me alertado para não falar alto na floresta, soou novamente junto da cachoeira que caía sobre a gruta.

A rocha, extensa, tinha paredes de pedra e janelas naturais que deixavam a claridade fluir. Caverna adentro, sem dar ouvidos à voz misteriosa, eu continuava a busca. À medida que eu ia andando, surgiam novos cômodos e algumas antessalas como grandes dormitórios, quartos vazios de um imenso palacete natural.

— Não entres aí. Repito!

Ignorei a voz e entrei numa das câmaras – a única que não estava vazia. O recinto estava ocupado até o teto por grandes cestos de palha fechados. Lembrava uma espécie de palha trançada, muito forte e incapaz de se romper.

Aproximei-me de um dos cestos, levando minha mão curiosa para abri-lo, na intenção de provocar a voz misteriosa que falava comigo. Quem sabe assim ela apareceria?

— Não toques, Bernardo.

— Por que não posso tocar nestes cestos?

— Não toques. Se abrires, o sol irá se apagar.

— O sol se apagar?

— Se abrires as caixas, Bernardo, o sol irá se apagar.

— E ninguém sabe o que tem dentro delas?

— Não é da tua conta.

— Mas já que estou aqui, gostaria de saber.

Aproximei-me de um dos cestos.

— Espera, Bernardo! Posso contar do que se trata! Mas, por favor, não abras!

— Diga-me, então.

— Estão carregadas de tesouros. As Cunhãpuiaras trouxeram para cá.

— As Cunhãpuiaras? Você quis dizer as Amazonas?

— Os espanhóis as chamaram de Amazonas, mas os nativos da floresta as chamam de Cunhãpuiaras. De tempos em tempos, elas mudam os cestos de lugar, para que ninguém os encontre. Pronto, agora que sabes do que se trata, saia agora!

— Acaso alguém da cidade tem conhecimento dessa história?

— Poderás contar a eles sobre esse tesouro camuflado em cestos indígenas, guardados na Gruta da Catedral. Podes até dar a localização exata. Mas, até que alguém chegue aqui para constatar, as Cunhãpuiaras terão mudado tudo isso de lugar. Não importa a caçada que eles façam atrás das Amazonas. Elas nunca serão encontradas.

— Mas elas estão com meu cavalo!

— Sinto, mas não vais conseguir encontrá-las, tampouco teu cavalo.

— Tenho de saber onde estão. Não saio da floresta sem o Pegasus.

— Não conseguirás encontrá-las. As Cunhãpuiaras ficarão com teu cavalo.

— Não vão ficar!

Neste momento, pensei em Pegasus e não acreditei que nunca mais fosse encontrá-lo. Não tive dúvida: peguei na alça de um dos cestos e amarrei-o nas minhas costas, como se fosse uma grande mochila.

— O que pensas que está fazendo?

Não dei ouvidos à voz misteriosa e saí de lá às pressas para fora da gruta, carregando um dos cestos. Estava pesadíssimo, mas eu conseguia suportar.

— Volta, Bernardo! Volta. Deixa o cesto no lugar onde achou!

Saí da gruta sem nada escutar, pois o barulho da cachoeira se tornou ensurdecedor. Andei para dentro da vegetação até um tronco de árvore caído onde me sentei. Foi assim que, recuperando o fôlego, abri o cesto.

O Tesouro de Nhamini-Wi

De dentro do cesto, um clarão quase me cegou. Uma luz viva, intensa, revelando o trabalho de verdadeiros ourives. O cesto guardado pelas Amazonas estava repleto de insetos de ouro. A luz produzida para fora do cesto, ao invés de iluminar, escureceu tudo ao redor. A Floresta Amazônica, antes vista em penumbra por causa da densa vegetação, umidade e a pouca incidência dos raios solares no seu interior pela quantidade de árvores, entrou completamente na calada da noite.

— Estás satisfeito, Bernardo? Vê tu o que fizeste. O sol se apagou!

Ignorei. Não respondi uma só palavra àquela voz. Tomei a decisão de que, enquanto não aparecesse para mim, não responderia nada. Fingi não escutar.

— Conseguiste o que querias, Bernardo! Agora vamos ficar na noite sem saber por quanto tempo. Em breve, devo receber ordens para te matar.

Continuei ignorando.

Mergulhei minhas mãos no tesouro do cesto, um amontoado de insetos reluzentes cujos nomes eu desconhecia. Não tinha estudado o vocabulário desses bichinhos na língua portuguesa. Apenas mais tarde, quando essa história terminou, aprendi com Barbosa Rodrigues os nomes de alguns desses insetos.

Besouros, baratas, moscas, louva-a-deus, grilos. Todos de ouro. Peguei uma peça para vê-la de perto. Uma aranha, quase do tamanho da minha mão, brilhava pesada.

Depois, larguei a aranha e peguei uma borboleta de ouro. Linda. Pensei em Lia, a Princesa de Cristal. Sua imagem veio à minha cabeça. Será que ela gostaria de ganhar uma joia dessas? Quando eu a encontraria novamente?

E no clarão daquelas pequenas riquezas, fiquei ali, com o cesto aberto, iluminando o escuro repentino da Floresta Amazônica, sem me dar conta do tempo.

Escutei passos pela mata.

Em Boa Companhia

Ela se aproximou de mim com aqueles olhos que iluminavam a floresta como duas lanternas acesas na escuridão. Eu sabia que era ela por causa daqueles olhos inconfundíveis.

— *Madame Maracajica! É você?*

Pena que eu não entendia a linguagem dos gatos-maracajás. Que falta me fazia Pegasus! Ela se aproximou do cesto e cheirou todos aqueles insetos de ouro e pegou com a boca uma das peças em forma de pernilongo. Começou a mordiscar como se fosse um brinquedo de criança.

— Ah... *Madame Maracajica*. Estou aqui com este tesouro, fiz o sol se apagar, para ver se as senhoras Amazonas chegam até mim. Foi o único jeito que encontrei para achar Pegasus no meio dessa infinita selva. Será que virão apanhar o tesouro?

— *Vherkû* Pegasus está com as Cunhãpuiaras? As senhoras sagradas cuidarão bem dele, não tema, *wimû* Bernardo.

— *Madame* Maracajica, gostaria muito de conseguir traduzi-la. Mas preciso do meu amigo Pegasus para isso.

— *Wimû* Bernardo foi inteligente. Com o tesouro de Nhamini-wi, elas virão rápido atrás do cesto, tenho certeza. Ficarei aqui lhe fazendo companhia. Há anos não vejo as Cunhãpuiaras.

O Som da Floresta

À noite, na Floresta Amazônica não existe silêncio. Há ruídos, sons, a vegetação sonâmbula. Digo isso porque enquanto eu estava ali sentado com *Madame* Maracajica, mesmo com o barulho noturno da floresta foi possível ouvir um diferente canto.

— *Madame* Maracajica, escutou isso?
— É um aviso, *wimû*.

A Voz

Permanecemos em silêncio e tentando captar o canto vindo de dentro da mata. Quando escutei a voz novamente.

— Ouviste, Bernardo? Agora que roubaste um dos cestos do tesouro de Nhamini-wi, tenho ordens para te levar daqui. Vou aparecer agora, prepara-te!

Madame Maracajica colocou suas garras felinas à mostra em posição de alerta. A impressão que eu tinha é que pularia no pescoço de qualquer estranho que se aproximasse. Tornou-se minha guardiã.

Coloquei as peças de ouro dentro do cesto, tampei-o e amarrei em minhas costas como uma mochila de viagem.

— Só entregarei o tesouro quando me devolverem meu cavalo.

— Vem, Bernardo. Acabo de receber ordens para levar-te daqui.

Quando apareceu na minha frente, era muito maior do que eu esperava. Sua presença tinha o poder de capturar os acelerados descompassos do meu coração. Fiquei ofegante. De fato, ela tinha toda a razão.

Montava uma lhama felpuda que qualquer um chegaria a confundir com um camelo e trazia outra consigo.

Madame Maracajica, ao invés de avançar-lhe, fez reverência, como se cumprimentasse uma majestade. Dava para perceber que se comunicavam:

— Salve, senhora sagrada!

— Pode nos seguir se quiser, maracajá.

— Monta na tua lhama, Bernardo.

— Nunca subi em uma, senhora.

— Vamos, tu consegues.

Segurei a rédea da lhama, pus o pé esquerdo no estribo e montei. A Amazona se aproximou de mim com sua lhama, pegou a corda do cabresto e pôs-se a me conduzir.

Seus imensos cabelos multiplicavam-se em tranças grossas, como longos cipós saídos do couro cabeludo. Era possível perceber seu perfume de erva. Ela vestia uma túnica fina de lã que lhe cobria a pele.

Dava medo dirigir-lhe a palavra. Não sei explicar direito. Fiquei constrangido, tímido e apequenado. Sua postura era altiva, sua presença física e seus trajes eram como de uma rainha da floresta.

Os saltos das lhamas são diferentes dos saltos dos cavalos. Mais brandos e suaves. Difícil de escutar galopes. A leveza daquele animal macio, quente, pisando no acolchoado chão da selva, dava uma sensação de que estávamos flutuando no escuro. Logo atrás, *Madame* Maracajica corria com seus olhos acesos.

Levei a mão ao bolso e retirei uma peça do tesouro de Nhamini-wi que havia guardado para uma emergência. Um percevejo de ouro grande e reluzente que serviu para iluminar a nossa trilha.

Rumo à Aldeia das Amazonas

Quando o sol se apaga, o dia é sempre noite. Digo isso porque perdi a noção do tempo. Olhei no relógio de bolso e os ponteiros marcavam cinco horas da tarde que mais pareciam dez da noite.

Durante esse período, a terra em que pisamos era cercada pelas vozes de sapos, rãs, harpias e corujas. Percorremos subidas íngremes na selva.

A Amazona não disse uma só palavra durante o trajeto. Apenas pegou o percevejo das minhas mãos e amarrou na cabeça da sua lhama, a fim de servir de farol.

"E se ela me matar?", pensei, nervoso. "Não. Acredito que não. Já poderia tê-lo feito na Gruta da Catedral, quando descobri o tesouro".

A lhama parou abruptamente, me fazendo tombar para o lado direito e caí com o cesto de ouro no chão. A tampa se abriu e esparramou, reluzindo parte do tesouro, como uma grande fogueira.

— Sempre cais do cavalo, Bernardo?

Tive medo de gaguejar antes de responder aquela pergunta.

— Claro que não, senhora. O cesto é pesado e não estou acostumado a andar em lhamas que param de repente.

Não sei como minha voz voltou. Ela me olhava com ironia. Parecia gostar de me ver caído ali, rodeado pelo tesouro. Juntei todos aqueles insetos e guardei-os no cesto novamente, amarrando-o forte em minhas costas para não cair.

— Beba isto, Bernardo.

Ela me deu um pedaço de cipó d'água e cortou seu talo, como se abrisse a tampa de um copo e tomei o líquido daquele cantil natural preparado pela floresta.

— Obrigado, senhora.

— A partir de agora preciso vendar teus olhos para que não guardes o caminho.

— Não será necessário, está tudo escuro e não conseguiria decorar caminho nenhum.

— São as nossas regras, não importa que esteja escuro. Além disso, você encontrou a gruta e descobriu os cestos. Não posso subjugá-lo.

— Foi por acaso que encontrei a gruta, senhora. Não tinha intenção de achar nenhum tesouro.

Se não for isso, nunca conseguirei encontrar Pegasus. Ele está com seu povo, não está?

Ela não respondeu. Aproximou-se de mim como um gigante perto de uma criança e vendou meus olhos.

— Estás proibido de falar uma só palavra, Bernardo. Aproveita para dormir, se quiseres, pois o caminho é muito longo.

— Será que antes posso saber, pelo menos, o seu nome, senhora?

Ignorou minha pergunta mantendo-se em silêncio. Nunca soube o seu nome.

O Caminho

Procurei movimentar o tecido com os músculos do meu rosto para ver se o pano cedia um pouco. Tentei de todo jeito enxergar alguma coisa.

Consegui ver apenas penumbra. Senti que não caminhávamos sozinhos. Além de *Madame Maracajica*, havia mais gente conosco subindo para algum lugar.

Aquele trecho do caminho que fiz de olhos vendados junto da misteriosa Amazona sempre será um enigma para mim.

As Amazonas

— *Wimû* Bernardo, acorde!

— Oh, beije-me, Lia, Princesa de Cristal!

— *Wimû* Bernardo, pare de me agarrar. Acorde! Estava sonhando com quem?

— Ãh? *Madame* Maracajica? *Pardon*[6], *madame, pardon*.

— Chegamos, *wimû*!

— Onde estamos, *Madame* Maracajica? Quanto tempo dormi?

O território das Amazonas, escondido na serra, revelou-se diante de mim num espaço aberto com fogueiras acesas sob panelas de barro.

— *Madame* Maracajica, temos de vasculhar a aldeia para encontrar meu cavalo.

---

6   Perdão.

— Acalme-se, *wimû*, deve respeito às senhoras sagradas. Não entre assim, invadindo a aldeia.

Seria muito bom entender o que *Madame* Maracajica me dizia, mas só escutei rugidos.

— Para aí mesmo, onde estás.

— O quê?

— Parado, ou serás preso.

Em sua realeza alta, forte e intimidadora, outra Amazona falou comigo, mantendo distância.

— Meu nome é Quilla.

— Eu sou Bernard de Bourbon, mas pode me chamar apenas de Bernardo.

— Obrigada, Bernardo.

— Por que está me agradecendo?

— Obrigada por abrir o tesouro de Nhamini-wi. Se não fosse o senhor, nunca saberíamos a verdade.

— Não entendi. Aquela Amazona que me seguiu o tempo todo alertou-me para não abrir o cesto.

— Nossos antepassados proibiram que o tesouro fosse aberto. Achávamos que era para causar medo, evitando assim o extravio dos cestos. Desde então, sempre cuidamos de Nhamini-wi, mudando-o de lugar para que ninguém o encontrasse, porém nunca nos arriscamos a abri-lo.

— Veja que a lenda se confirma, senhora Quilla. O sol de fato se apagou.

— Isso é outro enigma, Bernardo.

— Desculpe, mas foi o único jeito que encontrei para chegar até as senhoras. O barqueiro Xuna, que estava me guiando pelo Rio Amazonas, disse que estão com meu cavalo. A senhora Amazona, que me seguia pela floresta, confirmou.

— Realmente estamos com o cavalo. Sempre usamos lhamas andinas, pois aqui é alto e elas sobrevivem bem. Apenas não gostam muito de entrar no coração da selva. Por isso os cavalos são bem-vindos.

— Com todo respeito, senhora Quilla, meu cavalo não poderá servi-las. Posso falar com o senhor Barbosa Rodrigues, com a Princesa Isabel, o Conde D'Eu e até Dom Pedro II para tentar arrumar cavalos para as senhoras.

— Saiba que nós não o roubamos do senhor Bernardo. Ao contrário, o salvamos. Ele quase se afogou na tempestade sobre o encontro das águas, nós o salvamos e o trouxemos. Cuidamos dele. Agora é nosso.

— De jeito nenhum. Pegasus é meu.

— Aqui este cavalo recebeu o nome de Pachacamac.

— Pachacamac? Sugiro que arrumem outro animal para chamar de Pachacamac. Ele se chama Pegasus!

— Temos de mudar Nhamini-wi de lugar, precisamos de Pachacamac para isso. Ele irá carregar grande parte dos cestos, ajudado pelas lhamas.

— Se a senhora Quilla me devolver Pegasus, pode contar conosco para ajudá-las. Organizamos uma expedição com as senhoras e colocamos todos os cestos em outro esconderijo.

— Pensas que é fácil, Bernardo? Mudar Nhamini-wi de lugar com o sol apagado? É uma tarefa muito difícil dentro da selva. As lhamas terão dificuldade. Não sabemos por quanto tempo ficaremos nessa escuridão.

— Se me devolver Pegasus, estou disposto a ajudá-las, faço o juramento que for preciso de não revelar a ninguém sobre o local onde o tesouro será depositado. Aliás, prometo que não conto para ninguém sobre onde o tesouro está agora, assim as senhoras não precisarão mudá-lo de lugar.

— Já estava na hora de levarmos Nhamini-wi para outro local. O que não contávamos é que isso se daria na mais completa escuridão. A escuridão dificulta.

— Tenho uma ideia! As peças do tesouro que estão comigo brilham muito como fogo em lamparina. Se usássemos todas, iluminaríamos o nosso caminho. Isso facilita a remoção do tesouro.

— Esta de fato é uma boa ideia, Bernardo. Mas afinal, como são estas peças? Nunca vi o conteúdo de Nhamini-wi!

— Veja, são insetos de ouro.

Quando abri a tampa do cesto, tudo ao nosso redor clareou. Puder ver bem o rosto de Quilla.

Ela tinha os olhos esverdeados, os cabelos cheios e trançados e uma franja moldando sua testa.

— Então são insetos de ouro.

— Sim, Quilla.

Retirei uma libélula e coloquei-a em sua mão, iluminando ainda mais sua face.

— Sabes bem, Bernardo, que eu poderia prender-te e até te matar se eu quisesse, e com este cesto, executar tua ideia de usá-lo como luz para remover Nhamini-wi de lugar com Pachacamac.

— Não quero fazer nenhum mal para as senhoras, Quilla. Por que me prender e me matar?

— Sofremos muito nas mãos dos espanhóis que invadiram nossa terra, forçando-nos a fugir para cá.

— Sei que as expedições invasoras realizadas pelos colonizadores foram cruéis ao seu povo e aos outros povos indígenas das Américas. Nada do que eu diga será suficiente para aliviar esta dor. Mesmo assim, preciso dizer que eu sinto muito! Sinto vergonha do que fizeram. — Sabe, Quilla, desde que vi as Amazonas, no ritual da tucandeira, desejei conhecê-las. Por caminhos incertos, isso acabou acontecendo, graças ao Pegasus. Mas nunca tive intenção de fazer mal às senhoras. Estou aqui como viajante. Sei que as Amazonas são uma lenda para muitos. Um enigma. Tive a sorte de chegar até aqui e ver a realidade. Prometo nunca revelar, se a senhora assim o quiser.

Quilla parecia se convencer aos poucos.

— Tragam Pachacamac.

Peguei a libélula resplandecente das mãos de Quilla, e coloquei-a novamente dentro do cesto. Uma ansiedade de rever Pegasus e poder abraçá-lo tomava conta de mim.

Madame Maracajica ao meu lado olhava a movimentação das Amazonas, que aos poucos se reuniam, numerosas, no terreno e colocavam-se em fileiras como em uma formação militar.

Então, livre de rédeas e da cela de montaria, Pegasus apareceu. Estava fluorescente e brilhando, mais branco do que a lua.

— *Monsieur* Bernard!

— Pegasus, meu amigo, que falta você me fez!

— *Monsieur, monsieur*. Por sorte, fui muito bem tratado.

— Pegasus, como está bonito. Não está mais encardido. Agora está tão branco, que chega a parecer prateado.

— As Amazonas me deram um banho no igarapé de prata que nunca vou esquecer. Sinta como estou cheiroso também, *monsieur*.

— Ah... Pegasus! Que bom vê-lo, amigo.

O Resgate do Tesouro

E assim, as Amazonas aceitaram minha proposta de ajudá-las. Iniciamos a viagem para trasladar o tesouro de Nhamini-wi. Eu e Pegasus, cercados por todas aquelas senhoras sagradas montadas em lhamas, iluminamos cada animal com um inseto de ouro. A travessia foi demorada. Elas vendaram meus olhos novamente para que eu nunca soubesse do caminho de sua aldeia.

Eu escutava onças pintadas pela trilha escura e *Madame* Maracajica nos seguia ao lado de Pegasus.

— Foi muito bom reencontrá-la por aqui, *Madame*! Deixe-me te apresentar Chaska, minha amiga lhama.

— Claro, *vherkû* Pegasus! Como vai, Chaska?

— *Los gatos-maracajás son muy lindos*[7], Pegasus. *Buenas noches*, Maracajica.

— Boa noite, Ihama Chaska. Obrigada pelo elogio. A senhora também é muito bonita.

— *Muchas gracias*[8], *Madame*!

E assim nos aproximamos do rio para pegar o barco.

— Vamos, Bernardo, agora temos outra etapa até a Gruta da Catedral.

A viagem de barco foi longa. Não sei precisar muito bem quanto tempo durou, já que o sol estava apagado. Talvez dois dias. As noites infindáveis nunca amanheciam. No escuro, via-se muitos pares de olhos brilhantes pelas águas. Eram os olhos dos crocodilos que pareciam estrelas do Rio Negro.

---

7 Os gatos-maracajás são muito lindos.

8 Muito obrigado

A Câmara do Tesouro

A câmara do tesouro estava intacta. Olhei aquele amontoado de cestos superlotando a caverna.

— Quilla, são mais de quinhentos cestos! Estamos em número muito menor. Mesmo que cada um carregue dois ou três cestos, teremos de fazer mais de uma viagem.

— Acalma-te, Bernardo. Vamos iniciar a remoção de Nhamini-wi! Faremos apenas uma viagem, como sempre. Além do mais, agora será ainda mais fácil porque temos Pachacamac.

Uma a uma, as Amazonas entravam na câmara e retiravam três, quatro cestos de cada vez em um grande e rápido trabalho de equipe.

Aos poucos, os cestos foram depositados nas lhamas e nas costas das próprias Cunhãpuiaras. Assim, nenhum cesto ficou para trás.

Pegasus, em sua fortaleza de cavalo, carregou dez cestos – o dobro das lhamas.

Assim, todos nós fomos andando carregando cestos e guiando os animais pela floresta escura.

— Quilla, para onde levaremos o tesouro?

— Para o alto do Rio Negro, Bernardo.

— Mas vamos subir o rio novamente até aonde?

— Em tua companhia, até o Lugar da Barra. É uma pena que com a escuridão não conseguiremos apreciar o lindo caminho.

— É muito longe?

— Um pouco. É lá que te deixaremos para regressar a Manaus. Não queremos que nos acompanhe até o local onde ficará o tesouro.

— Acho que não saberei retornar para Manaus com Pegasus no meio desta escuridão. Temo me perder novamente.

— Não se preocupe. No Lugar da Barra conhecemos uma passagem secreta que o levará até próximo da cidade de Manaus em questão de minutos. Tu estás em nossa terra e aqui nada conheces. Terás o privilégio de chegar próximo de Manaus se voar pelo abismo.

Eu não acreditei no que Quilla me disse. Será que elas ainda poderiam me fazer algum mal para ficar com Pegasus? Comecei a ficar preocupado novamente.

Os Insetos de Ouro

Subimos no barco das Amazonas até o Lugar da Barra, na escuridão cansativa daquela noite interminável. Tudo o que era possível ver na floresta remetia a uma jornada no espaço sideral, desde o leito do rio aos olhos dos jacarés.

"O sol?"

Fiquei imaginando para onde ele teria ido. A Terra teria parado de girar? E ele permanece no outro lado do mundo onde só seria dia? E refletindo bastante, uma ideia surgiu.

Fui falar com Quilla.

Lugar da Barra

A Amazônia parece tão imensa e grandiosa quanto o globo terrestre. Eu tinha falado com Quilla sobre a minha ideia de tentar fazer o sol acender para que o dia e a noite retomassem seu curso normal. Ela questionou tudo e foi pessimista. Parecia não acreditar no poder do tesouro de Nhamini-wi.

Desembarcamos no Lugar da Barra e nos pusemos a caminhar conduzidos pelas Amazonas, que não disseram uma só palavra a respeito de onde o tesouro seria depositado.

— Quilla, e então? Vamos executar meu plano para tentar acender o sol?

— Bernardo, Bernardo, tu acreditas mesmo que pode ser possível?

— Precisamos tentar, Quilla. Precisamos tentar.

— Depois disso, deixe-me acompanhá-las até o lugar onde ficará o tesouro?

— Já disse que não, Bernardo.

— Por favor, Quilla. Por que não confias em mim?

— Só as Amazonas saberão onde fica o tesouro de Nhamini-wi. Não insistas.

A Ideia

— Pronto, Bernardo. Daqui pra frente tu ficas aqui e nós seguimos viagem.

— Quilla, deixe-me tentar fazer o sol acender? Vamos executar aquela ideia?

—Não esqueci disso, Bernardo. Vou atender teu pedido, embora não acredite muito nele.

Desci de Pegasus e ela, da lhama Chaska. Quilla se voltou para suas irmãs e disse:

— Cunhãs! Depositem todos os cestos aqui neste centro!

Peguei meu cesto e carreguei-o até o ponto mencionado por Quilla. Depois, retirei os cestos de Pegasus, um por um. Todas as Amazonas fizeram o mesmo. Em mais ou menos uma hora, todos foram alinhados no centro da selva.

— Cunhãs. Vamos nos posicionar perto dos cestos. Lhamas, Pachacamac, Maracajica, Bernardo. Temos de abrir todos os cestos de uma só vez.

Neste momento, um grande murmúrio se instaurou entre as Cunhãpuiaras.

— Quilla! Isso é contra nossos ensinamentos. Nunca recebemos ordem para abrir o tesouro!

— Cunhãs, vocês sabem que Bernardo abriu um dos cestos e que o sol se apagou, confirmando-se a lenda dos nossos antepassados. Agora ele nos sugere que abramos todo o tesouro de uma única vez, numa tentativa de fazer o sol se acender.

— Mas, Quilla, abrindo o tesouro, o que pode acontecer?

— Não sabemos, cunhãs! – disse eu. – Mas pior do que está nesta escuridão não ficará. Depois fechamos os cestos e os depositamos onde foi combinado.

Foram muitos murmúrios. Suas vozes espalhadas pela floresta indagavam se seria o melhor a ser feito. Até que Quilla conseguiu convencê-las.

As Amazonas se posicionaram à frente dos cestos. As lhamas também. Pegasus, junto de Chaska e *Madame* Maracajica, ficaram ao meu lado.

Então ela deu a ordem.

O Retorno do Sol

Parecia que o sol estava guardado em partes, um pedaço em cada cesto. Luzes fracionadas e intensas se projetaram no alto, unindo todas as suas faixas, com a abertura das tampas. Aos poucos a floresta foi clareando, clareando e virou dia novamente.

As Cunhãpuiaras ficaram espantadas com o poder da luz. Houve um silêncio repentino e logo em seguida uma grande euforia. Cumprimentaram-se pelo grande feito. Mas, depois, veio um barulho ensurdecedor. Eram os insetos que adquiriram vida após suas capas douradas se dissolverem. Puseram-se em enxames, zumbidos e asas, espalhando-se pela Floresta Amazônica, deixando os cestos vazios. Não entenderam bem a lógica daquilo. Nem sempre os enigmas têm lógica

Os Tesouros da Amazônia

— É, Quilla, acho que as senhoras Amazonas não precisarão mais se preocupar com o tesouro de Nhamini-wi.

— Isto foi uma grande surpresa para nós, Bernardo. Nada disso teria acontecido sem ti. Nunca vamos nos esquecer.

— Fico contente que as senhoras tenham se libertado do imenso trabalho de guardar o segredo desse tesouro, Quilla.

— Temos outras responsabilidades também Bernardo, outros tesouros para guardar. Nhamini-wi era apenas um.

— Outros tesouros?

— Sim. Há muitos outros tesouros nestas terras. Por ora, acho que tu já sabes demais, basta. — Pachacamac ficará contigo, pois tenho certeza de que conseguiremos cavalos, mais cedo ou mais tarde. Somos muito gratas a ti e a ele. Tenho por Chaska o mesmo carinho que tens por Pachacamac. As lhamas são perfeitas companhias também, Bernardo. Pena que elas não gostam muito de andar pela selva. Preferem a serra... Agora vamos te levar para a beira do abismo. De lá, tu retornarás para as imediações de Manaus junto de seu cavalo.

— O quê, *monsieur*? Eu escutei bem? A senhora Amazona disse a palavra "abismo"?

O Abismo

Com o dia claro, a visão da selva amazônica emociona. Assim como as senhoras sagradas, as Cunhãpuiaras, que me guiaram pelo Rio Negro e me mostraram, mesmo sem querer, o tesouro de Nhamini-wi. Conduziram-me pelas trilhas selvagens e escondidas até a beira de um abismo que eu não fazia a menor ideia que existia no Império do Brasil.

Era um buraco sem fim como um poço rochoso, com paredes desniveladas e alguns trechos pontiagudos.

— Aqui estamos, Bernardo, à beira do abismo. Tu e Pachacamac devem saltar dentro dele.

— Saltar? Mas não é apenas um buraco profundo, Quilla. Veja estas paredes! Podemos morrer com uma simples batida de cabeça nas pedras. Pegasus também pode se machucar!

— Oh, *mon dieu*!

— Não te preocupes, Bernardo. O que vês aqui é uma ilusão fabricada pela natureza. Lembras quando disseste que nos viu durante o Ritual da Tucandeira?

— Claro que me lembro.

— Estávamos dentro deste abismo, utilizando-o como passagem secreta. Portanto, tu não alucinaste com o veneno das formigas. Nós estávamos mesmo passando próximas àquela aldeia. A partir da queda, tu chegarás próximo de Manaus, sem ter de descer a longa extensão do Rio Negro e levar dias de viagem.

— Quilla, não sei se tenho coragem para me atirar num abismo.

— Claro que tens, Bernardo!

Olhei para Quilla pela última vez, com um aperto de mão e uma reverência. Ela tocou em minha cabeça como uma rainha toca seu súdito. Acenei para todas as Amazonas que cercavam a boca do abismo. Em especial, àquela Cunhãpuiara dona da voz misteriosa que me seguia na floresta. Ela piscou para mim, com cumplicidade, em despedida.

Em seguida, as Amazonas iniciaram um canto. Uma música serena, numa linguagem que apenas a floresta poderia traduzir. Abaixei-me para dar adeus à *Madame* Maracajica.

— Siga seu caminho, *wimû*. Que ele lhe traga outros dias para essas terras.

— *Madame* Maracajica, ajude-me! Tenho que cair nesse buraco profundo? Oh, *mon dieu*!

— Não tema, *vherkû* Pegasus. Vai ver como a viagem é muito mais rápida. Lembra de quando me contava que voou certa vez?

— Sim, me lembro bem. Foi logo quando nos conhecemos, *Madame* Maracajica. Será igual?

— Não sei se igual, mas bem parecido, *vherkû*. Não tema.

— Venha conosco, *Madame* Maracajica!

— Vou ficar um pouco mais por aqui, *vherkû*, aproveitar o calor e tomar um banho na Cachoeira do El Dorado que fica aqui perto.

— Oh, que maravilha! Gostaria de acompanhá-la, *Madame*!

— Uma próxima vez, *vherkû*.

Subi em Pegasus e sobre ele me despedi mais uma vez das senhoras sagradas da floresta. Distanciamos da garganta do abismo para dar impulso e, sem pensar duas vezes, com a máxima velocidade da cavalgada de Pegasus, saltamos.

Os Filhos do Guaraná

Uma sensação de salto nas alturas, frio na barriga e queda livre. O impacto com o chão foi inesperadamente manso, pois o tapete da selva amazônica forma um acolchoado macio com as folhas, amortecendo nossa queda. Caímos elegantes e em pé no meio de um povoado indígena. Aqueles que nos acolheram quando participei do ritual da tucandeira. Lembram?

Mal pisamos em suas terras e começou a despencar outra chuva de repente. O grupo indígena se aproximou com suas bacias de olhos grandes e amargos de guaraná. Pareciam que aguardavam o pouso de um certo cavaleiro francês com seu cavalo quase alado.

Curiosidades

JOÃO BARBOSA RODRIGUES – Foi um naturalista e botânico brasileiro que esteve na Amazônia em uma missão científica do governo imperial: organizar e dirigir o primeiro Jardim Botânico de Manaus, que foi inaugurado pela Princesa Isabel e extinto com a Proclamação da República. Barbosa Rodrigues era um cientista muito curioso também, pois chegou a compilar lendas das etnias da região e escreveu um trabalho sobre as Amazonas, chamado "As virgens sagradas de Izy".

O RIO NEGRO – É o mais extenso rio de água negra do mundo. Apenas em Manaus conta com 12 quilômetros de largura e chega à profundidade de 100 metros e correnteza de 2 km/h.

Nasce na Colômbia. É o maior afluente do Rio Amazonas.

O GATO-MARACAJÁ – É um felino encontrado com frequência na Floresta Amazônica, que pode caminhar nas pontas dos galhos das árvores e arbustos, desenvolvendo uma grande capacidade para bons saltos.

MADAME **MARACAJICA** – É de fato, um gato-maracajá, que fala algumas palavras em idioma Tukano.

IDIOMA TUKANO – É a língua de grande parte dos povos nativos da região do alto do Rio Negro. Dentro deste idioma, de acordo com a gramaticalização compilada por Lúcio Murillo Torres, professor amazonense que conheci em minha viagem ao Amazonas para coletar informações para escrever a obra. Alguns termos citados são o *vherkû* (a palavra usada para indicar um animal como o cavalo ou o boi) e *wimû* (palavra que significa "menino" ou "moço").

RITUAL DA TUCANDEIRA – É realizado até os dias de hoje pela etnia indígena Sateré-Mawé. Em Manaus, capital do estado do Amazonas, vivem, hoje em dia, uma expressiva quantidade de Sateré-Mawés composta por migrantes, filhos e netos, que à época de Bernardo estavam ainda um pouco afastados da capital e espalhados pela Floresta Amazônica. Esse povo indígena é também conhecido como os "filhos do guaraná", pois são pioneiros no plantio e colheita da fruta. A língua falada por eles é chamada de "sateré-mawé".

FARMÁCIA DA FLORESTA – A Amazônia é considerada a maior reserva de plantas medicinais existente no planeta.

ÓLEO DE COPAÍBA – Foi patenteado por João Barbosa Rodrigues e possui propriedades cicatrizantes, anti-inflamatórias e analgésicas.

ENCONTRO DAS ÁGUAS – Uma das principais atrações da cidade de Manaus. É um dos fenômenos mais interessantes da natureza amazônica. Trata-se do encontro entre o Rio Solimões (que a partir de então é conhecido como Rio Amazonas) e o Rio Negro. Os dois rios têm diferentes temperaturas e densidades. O Negro corre cerca de 2 km/h a 22 °C e o Solimões corre de 4 a 6 2 km/h a 28 °C. O Rio Amazonas é o maior do planeta Terra.

AS AMAZONAS – Aparecem nas obras mais importantes da literatura grega como integrantes de uma nação de mulheres guerreiras. No século XVI, o encontro dos espanhóis, liderados por Francisco de Orellana, com um grupo de mulheres guerreiras dentro da região da nossa grande floresta despertou naqueles homens a lembrança da mitologia grega, vindo a utilizar o seu nome na região.

FRANCISCO DE ORELLANA – Explorador espanhol que participou da conquista do Peru. Mais tarde, por volta de 1541 e 1542, percorreu junto de Gaspar de Carvajal, escriba da expedição, o Vale do Rio Amazonas desde os Andes até o Oceano Atlântico. Durante este trajeto, ocorreu seu encontro com um grupo de mulheres indígenas, altas e fortes.

CUNHÃPUIARAS – É evidente que os nativos das regiões amazônicas, por não conhecerem a mitologia grega, não poderiam referir-se às Amazonas, mas sim às Cunhãpuiaras. Existem várias traduções para Cunhãpuiaras, isso porque os povos indígenas da Amazônia falam muitas línguas diferentes. Em tupi antigo, por exemplo, temos que "cunhã" significa "mulher", "pu" significa "soante", que faz barulho, e "iara" significa "senhora que manda". A tradução do quéchua antigo apresenta, por exemplo, Cunhãpuiuaras, como cunhã = mulher, pui = soante, ara = sagrada, que não se pode tocar.

AINDA SOBRE AS AMAZONAS – Há quem diga que as Amazonas são as atuais Icamiabas, formando um grupo de mulheres residentes nas proximidades de Óbidos e nas praias dos rios Nhamudá e Tapajós. Elas estão ligadas à lenda de Muiraquitã. Mas essa é outra história.

AS AMAZONAS DE BERNARDO – As Amazonas de Bernardo são inspiradas na tese (uma entre várias) de que, à época da conquista dos espanhóis na região do Peru, houve uma fuga de um grupo de mulheres que migraram para a região da Amazônia brasileira para encontrar abrigo e se protegerem. Este grupo andou pelo antigo caminho pré-colombiano, uma trilha que passava dentro da floresta brasileira e possivelmente se instalou nas regiões serranas da Amazônia, como a Serra do Parime, Serra da Neblina e Tucumaque. Há quem diga que os Yanomamis são possivelmente descendentes dessas antigas guerreiras.

A GRUTA DA CATEDRAL – Há uma gruta chamada Catedral localizada no município de Presidente

Figueiredo, região de cachoeiras, interior do estado do Amazonas.

A LENDA DE NHAMINI-WI – Todas as populações indígenas do Alto Rio Negro possuem a mesma lenda sobre o tesouro de Nhamini-wi. Essa lenda está relacionada ao antigo caminho pré-colombiano, que atravessava a Floresta Amazônica, alcançando as serras do Pico da Neblina e cruzava Roraima, seguindo pelas serras Tucumaque até o Amapá. Contam os indígenas que esse caminho era transitado por numerosos soldados carregando pesadas caixas que continham insetos de ouro. Era proibido abri-las ou interceptá-las sob o castigo de que o sol iria se apagar.

AS LHAMAS – São animais muito comuns no Peru, sobretudo na região da Cordilheira dos Andes, onde nasce o Rio Amazonas. Todos os anos muitas lhamas são levadas a Manaus para exposições agropecuárias.

O ABISMO GUY COLLET – Localizado no atual município de Barcelos, no estado do Amazonas. É a caverna mais profunda do mundo formada por quartzito. Tem 671 metros de profundidade.

A VISITA DE CONDE D'EU A MANAUS – Deu-se apenas em 1889, quase quatro meses antes da Proclamação da República. Sabe-se que ele ficou dez dias passeando pela Floresta Amazônica com a ajuda de Barbosa Rodrigues. Nunca soubemos se eles chegaram a ver as Amazonas de Bernardo.